KB063144

기차를
기다리는
소년

옮긴이 김정하
한국외국어대학교와 대학원, 마드리드 콤플루텐세 대학교에서 스페인 문학을 공부했다. 스페인어권의 좋은 어린이, 청소년 책을 읽고 우리말로 옮기는 일을 하고 있다. 옮긴 책으로《그리고 바람이 불었어》《도서관을 훔친 아이》《남극의 아이 13호》《고장난 하루》《아버지의 그림편지》들이 있다.

그린이 오승민
《오늘은 돈가스 카레라이스》《대단한 실수》《우주 호텔》《나의 독산동》같은 많은 책을 쓰고 그렸다. 기다리는 기차에 타고 있을 사람을 생각하며 그림을 그렸다. 외로운 여행에서 무사히 돌아오기를 바라는 마음으로.

La chica que coleccionaba sellos y el chico que esperaba un tren

기차를 기다리는 소년

다니엘 에르난데스 참베르
김정하 옮김
오승민 그림

양철북

차례

우편물 자루

아버지와 내가 기차역에 도착했을 때 이미 기차 들어오는 소리가 들렸다.

"빨리 가자. 늦겠다. 그러길래 내가 일찍……." 아버지가 투덜댔다.

그 기차로 조그만 마을 고르고스에 오는 우편물들이 든 자루가 도착하게 되어 있었다. 그런데 만일 이 마을 우편배달부인 아버지가 그 시간에 그곳에 없다면……. 사실 어떤 일이 일어날지 정확하게 알 수 없었다. 아버지는 단 한 번도 늦은 적이 없기 때문이다. 열이 있거나, 강한 폭풍우가 고르고스를 덮쳤을 때도 아버지는 언제나 정확히 그곳에 있었다. 아마 아버지가 우편물을 받으러 오지 않는

다면 승무원은 무뚝뚝한 기차역장 페르민이 지켜보는 승강장에 우편물을 내려놓고 아버지를 기다리거나, 어쩌면 그대로 싣고 가서 이틀 뒤에나 오는 다음 기차로 다시 가져올지도 모르겠다.

나는 같이 가게 해 달라고 아버지를 졸랐다. 아버지와 나는 둘 다 우표를 모으는 게 취미였다. 아버지 직업은 여러 종류의 우표를 모으기에 더할 나위 없었다. 때때로 배달하는 우편물에서 뭔가 특별한 우표가 눈에 띌 때면 우편물을 받는 사람에게 그 우표를 줄 수 있는지 물어보곤 했다. 대부분은 그러라고 했다. 사람들은 단순한 우표 한 장이 누군가에게 그토록 흥미로울 거라고 상상하지 못했고, 값어치가 있을 거라고는 생각조차 못 했다.

두 번째 화물칸에서 우편물 자루가 땅에 떨어지는 바로 그 순간, 우리는 승강장에 도착했다. 자루는 그렇게 크지 않았다. 안에는 편지가 열다섯 통에서 스무 통 정도 들어 있을 거라 짐작되었다. 아마 소포는 두 개 정도 있었을 거다. 다행히 깨질 물건은 아니었던 것 같다. 그랬다면 이미 산산조각이 나 있었을 테니까.

기차에서 자루를 던진 승무원이 손을 흔들며 인사를 하더니 말했다.

"오늘은 안 오시는 줄 알았어요."

"조금 늦었네요." 아버지가 숨을 몰아쉬면서 대답했다. "조금요."

아버지는 몸을 숙여 자루를 집어 들었다. 모자를 귀까지 푹 눌러쓴 페르민 역장님이 아버지를 빤히 바라보며 출발 신호를 보내려 하고 있었다.

그동안 나는 기차에서 내리는 몇 안 되는 사람들을 관찰했다. 그런데 벤치에 앉아 있는 기예르모가 눈에 띄었다. 사람들을 바라보는 모습이 왠지 쓸쓸해 보였다.

기예르모는 나를 보지 못했다. 여행자들 얼굴을 뚫어져라 보고 있었는데, 대부분은 이미 출구 쪽으로 나가고 있었다.

아버지가 어깨에 자루를 메고 나를 불렀다. 바로 그때 페르민 역장님이 호루라기를 불었고, 기차는 다시 움직이기 시작했다.

"자, 우체국으로 가자." 아버지가 말했다.

나는 고개를 끄덕였다. 하지만 그 전에 기예르모를 한 번 더 바라봤다. 기예르모는 꼼짝 않고 그대로 있었다.

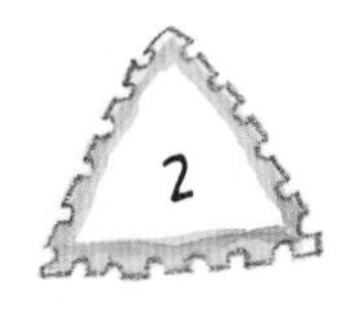

페니 블랙

며칠 후에 나는 거의 똑같은 장면을 볼 수 있었다. 세 가지만 달랐다. 첫 번째는 아버지와 내가 기차보다 먼저 도착했다는 것이고, 두 번째는 페르민 역장님이 모자를 어디에 두었는지 기억하지 못했다는 것이다. 그래서 어쩔 수 없이 번쩍이는 대머리가 드러났는데, 아마도 역장님은 그것 때문에 기분이 나빴던 것 같다. 그리고 세 번째는 기예르모가 기차에서 막 내리는 여행자들을 살펴보고 난 뒤에 내가 기예르모에게 다가가겠다고 결심했다는 거다.

"안녕, 기예르모."

기예르모는 너무 넋을 놓고 있어서 내가 바로 앞에 다가갈 때까지도 알아차리지 못했다.

"안녕, 이사벨."

"여기서 뭐 하고 있어?"

기예르모는 어깨를 으쓱했다. 기예르모의 얼굴이 조금 붉어졌다.

"그냥. 기다리고 있어."

뭘 기다리는지, 아니면 누구를 기다리는 건지 물어보려는데 아버지가 나를 불렀다.

"급해요, 우편배달부 아가씨. 서둘러야 해." 아버지는 언제나 나에게 이런 식으로 재촉했다.

"나 간다." 작별 인사를 하자 기예르모가 고개를 끄덕였다.

우체국으로 돌아가는 길에 기예르모의 이상한 행동을 다시 생각해 보았다. 사실 우체국이라고 해 봐야 구도심 한가운데 있는 허름한 방이었다.

기예르모와 나는 같은 반이었다. 그 당시 고르고스에는 학교가 하나밖에 없었고, 남학생과 여학생이 한 반에서 공부를 했다. 사실 우리는 이야기를 해 본 적이 몇 번 없었다. 선생님이 뭔가를 질문할 때가 아니면 기예르모는 말을 하지 않았다. 선생님이 질문을 해도 너무 작은 소리로 대답해서 거의 안 들렸다. 쉬는 시간에도 말하지 않았고, 내가 아는 한 학교 밖에서도 말하지 않았다.

가끔 길에서 그 애를 본 적이 있기는 했다. 어떤 때는 혼자 있었고 어떤 때는 어머니와 함께 있었다. 말하는 모습을 본 적은 없는 것 같다. 기예르모 어머니가 말하는 모습도 못 봤다. 지금 생각해 보니 두 사람은 보이지 않는 침묵이라는 성 안에 갇혀 지냈던 것 같다.

"아빠." 내가 마침내 말을 꺼냈다. "기예르모가 왜 기차역에 있는지 아세요?"

"기예르모?"

"제가 이야기했던 아이요."

아버지가 눈살을 찌푸리고는 걸음을 서둘렀다.

"아, 그 아이. 누군가를 기다리고 있는 것 같던데."

"네. 저한테도 그렇게 말했어요. 근데 지난번에도 있었어요."

"나도 여러 번 봤다." 아버지가 말했다. "기차역에서 몇 번을 본 건지 셀 수가 없구나. 늘 같은 벤치에 앉아 기차에서 내리는 사람들을 뚫어져라 보고 있던데."

"대체 뭘 하는 걸까요?"

"기다리는 거지."

"알아요. 그런데 누구를요?"

아버지는 들은 척도 하지 않고 우체국 문을 열기 위

해 주머니에서 열쇠 꾸러미를 꺼냈다. 모퉁이 두 개는 더 돌아야 하는데 말이다.

"아버지를 기다리는 것 같아." 아버지는 나한테 열쇠를 주고는 살그머니 등을 밀어 안으로 들어가게 했다. "자, 빨리 가서 열어 봐라. 오늘은 아주 특별한 우표가 있을 거 같은 예감이다."

"어떤 우표요?" 갑자기 흥분이 되면서 궁금해졌다.

"글쎄. '페니 블랙'(영국에서 1840년 5월 1일에 발행한 세계 최초의 우표. 블랙 페니라고도 한다. 당시 빅토리아 여왕의 초상을 그린 1페니짜리 검은색 우표로, 세계에서 가장 가치 있는 우표로 평가되고 있다: 옮긴이)? 상상이 되니?"

"페니 블랙이라고요? 그건 불가능하겠죠?"

"빨리. 한번 보자꾸나."

여행자

그날 자루에 들어 있던 우편물 속에는 페니 블랙도 없었고 눈길을 끌 만한 다른 우표도 없었다. 그래도 아버지와 나는 우편물을 분류하고 정리하면서 즐겁게 보냈다. 아버지가 고안해 낸 방법에 따라 우편물을 분류했다. 우체국이 구도심에 있었기 때문에 제일 먼저 배달할 편지는 그 동네 사람들에게 가는 것들이었다. 그다음은 바닷가에 있는 어부들의 마을 차례였고, 그다음에는 남쪽과 서쪽에 있는 작은 동네들 차례였다. 마지막으로는 언덕을 올라가서 베난시오 할아버지의 조카가 할아버지에게 보낸 편지를 배달하면 되었다. 늘 베난시오 할아버지에게 갈 편지가 있었기에 마지막으로 배달했다. 그러면 아버지의 하루

일과가 모두 끝났다. 아버지는 할아버지 옆에 앉아 마을 높은 곳에서 고르고스를 바라보며 할아버지가 주는 포도주 한 잔을 함께 마시고 집으로 돌아오곤 했다.

첫 번째 마을에 배달할 때는 아버지를 따라다닐 수 있었다. 그러나 다음부터는 집으로 돌아가서 엄마 부엌일을 도와주라고 하셨다. 오후 내내 나는 언젠가 고르고스에 도착하는 편지 중에서 세계 최초로 사용되었다는 블랙 페니가 있지 않을지 꿈꾸면서 지냈다.

기예르모 생각은 잊어버렸다. 그런데 그다음 주 어느 날 기차역에서 다시 만났다.

"너 매일 여기 오는 거야?" 내가 물었다.

기차가 늦게 도착했기 때문에 아버지는 페르민 역장님과 이야기를 나누고 있었다. 나는 기예르모가 앉아 있는 벤치로 다가갔다.

"매일은 아니야."

나는 옆에 앉아서 다리를 앞뒤로 흔들었다.

"누구 기다려?" 아버지 말이 맞는지 확인해 보고 싶었다.

기예르모는 고개를 돌려서 반대쪽을 바라보았다. 그래서 대답을 할 때 표정을 볼 수 없었다.

"아버지를 기다려."

"무슨 말인지 모르겠네."

기예르모가 이번엔 나를 바라보았다.

"뭘 모르겠는데?"

"왜 매일, 아니 거의 매일 기다려야 돼? 어떤 기차로 오시는지 미리 알려 줄 수 있는 거 아니야?"

"아니." 기예르모는 몇 초 후에 이렇게 대답하더니 말했다. "너무 멀리 계시거든."

"여행자셔?"

"뭐라고?"

"여행하면서 일하시냐고. 그런 말이야?"

"아니. 아, 맞아."

"확실히 말해 봐."

"맞아. 그런 거야. 여행하셔. 여행을 많이 하셔."

"좋겠다. 나도 여행하는 걸 좋아해."

"아버지는 전 세계를 여행해."

나는 잠시 생각에 잠겼다.

"그러면," 내가 말을 하려고 하는 바로 그 순간 멀리서 기차가 덜컹거리는 소리가 들려왔다. "만나 뵐 수 있으면 좋을 텐데."

"왜?" 기예르모가 이상하다는 표정을 지었다.

"어쩌면 내가 우표 모으는 걸 도와주실 수 있을 거 같아서."

기예르모는 내 말이 아무 의미도 없다고 여기거나 정신 나간 애라고 생각이라도 하는 듯 나를 바라보았다. 더 심하게 말하면 내가 바보 같다고 생각하는 것 같았다.

내가 무슨 말을 하고 있는지 기예르모가 전혀 알아듣지 못한다는 걸 알았다. 그래도 자세히 설명해 보려는데 역장님과 헤어진 아버지가 나를 불렀다.

"나중에 이야기해 줄게. 지금은 가 봐야 해. 안녕."

"안녕."

계획과 거래

다음 날 나는 우편물 자루를 찾으러 가는 아버지를 따라가지 않기로 했다. 계획이 하나 있었다.

눈을 뜨자마자 생각났다. 아직 내 방 창문으로 들어오는 아침 햇빛은 해 질 무렵 마지막 빛처럼 희미했다. 아침 식사를 하면서 곰곰이 고민했다. 마침내 아버지가 함께 가겠느냐고 물었을 때 결심이 섰다. 안 가겠다고 대답했다.

하지만 아버지가 떠나고 10분도 채 지나지 않았는데 생각이 바뀌었다. 역으로 따라가기로 했다.

나는 길을 달렸다. 도착하기 20미터쯤 전에 나무 사이로 들어가 물푸레나무가 아침 햇빛을 받아 드리워 준

그늘 아래에서 기다렸다. 잠시 후 아버지가 어깨에 자루를 메고 입에 감초 뿌리 하나를 문 채 고르고스 쪽으로 돌아가는 모습이 보였다.

아직 조금 더 기다려야 했다. 얼마 지나지 않아 기예르모가 기차역을 떠나 주머니에 손을 넣고 고개를 푹 숙인 채 오솔길을 따라 걷기 시작했다.

“안녕, 기예르모.”

기예르모는 깜짝 놀라서 마치 유령을 보듯 나를 바라보았다.

“우편배달부 아저씨는 조금 전에 가셨는데. 여기서 뭐 하는 거야?”

“알아. 너랑 이야기하고 싶었어.”

기예르모에게는 내가 전날 말을 걸었던 것만큼이나 이상하게 들렸던 것 같았다.

“무슨 이야기?”

“내가 말했던 거. 너희 아버지 이야기.”

기예르모는 갑자기 걸음을 멈추고 내 앞에 섰다.

“우리 아버지한테 무슨 일이 있는데?”

“여행을 그렇게 많이 하시니까…… 나를 도와주실 수 있을 것 같아서. 안 그래?”

“뭘?”

"다른 나라 우표들을 모을 수 있도록 말이야. 우리 아빠하고 나는 여러 우표를 수집하거든. 근데 구할 수 없는 우표가 너무 많아. 그래서 말인데 너희 아버지는…… 지금 어디에 계셔?"

"멀리."

"알아. 그런데 어디?"

기예르모는 입술을 깨물고 돌멩이를 하나 걷어찼다. 돌멩이는 날아가서 오솔길 사이로 나 있는 떨기나무들 사이로 사라져 갔다.

"음…… 아프리카에."

"아프리카!" 나는 놀라지 않을 수 없었다. 아프리카는 다른 세상 같았다. 엄청나게 멀고 엄청나게 다른 곳. 어떤 모험이라도 가능할 것 같은 그런 세상 말이다.

"응. 아프리카에 계셔." 기예르모가 말했다.

"그러면 거기에서 뭘 하셔?"

"물론 탐험을 하시지. 탐험가야. 밀림을 탐험하는 일을 맡으셨어."

"왜?"

"보물을 찾기 위해서지. 아니면 잃어버린 도시를 찾거나. 사실 나도 잘은 모르겠어. 나한테 이야기를 다 해 주시진 않거든."

"무지하게 중요한 분이신가 보다."

"물론이지. 세상에서 가장 훌륭한 탐험가 중 하나야."

"틀림없이 보물을 찾으실 거야. 아니면 잃어버린 도시라거나."

"당연하지."

갑자기 웃음이 터져 나왔다. 그러자 기예르모가 창백한 얼굴로 나를 쳐다보았다.

"왜?"

"너는 거짓말쟁이야!" 내가 말했다. "하지만 네 거짓말이 마음에 들어. 너희 아버지가 어디에 계신지 말해 주고 싶지 않아도 무슨 말이든 해야 했겠지." 나는 다시 걷기 시작했다. 그러다 곧바로 멈춰서 돌아보았다.

"너한테 거래를 하나 제안할게."

"거래?"

"내 말이 꾸며 낸 말이 아니라는 걸 증명하고 싶으니 우표 수집책을 보여 줄게. 그러면 너는 아버지한테 부탁해서 우표를 더 모으게 도와줘. 어디 계시든 거기서 편지 한 통만 보내 주시면 되잖아."

기예르모는 어깨를 으쓱했다.

"네 우표가 뭐가 재미있는데?"

"보면 알아."

수집품

아버지 몰래 우체국 열쇠를 손에 넣는 것은 쉬운 일이 아니었다. 하지만 나는 일단 계획을 세우면 참을성을 갖고 목표를 이룰 때까지 끈기 있게 필요한 일을 해내는 성격이다.

나는 기예르모에게 우물이 있는 거리에서 오후 세 시쯤 기다리라고 했다. 만나러 가면서 약속 장소에 없을까 봐 걱정했다. 어쨌든 그 애는 많이 이상한 애고 우표에는 아무 관심도 없다는 걸 분명히 표현했으니까. 하지만 기예르모는 나와 있었다. 나는 아버지 열쇠 다발에서 꺼낸 열쇠를 흔들면서 웃어 보였다. 기예르모가 내 쪽으로 다가왔다.

"근데 아저씨가 우리를 따라오면 어떡해?" 기예르모가 물었다.

"혹시 모르니까 문을 잠그고 있어야 해. 어쨌든 아빠는 오후에는 여기 오시지 않아. 아무 일도 없을 거야."

우리는 우물을 뒤로하고 왼쪽 모퉁이를 돌아갔다. 두 블록 더 걸어가면 우체국이 있었다. 나는 우리를 보는 사람이 아무도 없는지 확인하려고 양쪽을 살펴본 다음 자물쇠에 열쇠를 꽂고 두 번 돌렸다. 그러고는 재빨리 들어가서 다시 문을 잠갔다.

안에는 창구가 있고 벽에 선반이 하나 붙어 있었다. 그 옆에 두 번째 문이 있었고, 문을 열고 들어가면 조그만 사무실이 나왔다. 사무실 안에는 책상과 의자, 책장이 하나씩 있었다.

나는 책장 문을 열고 안에서 상자 하나를 꺼내 책상 위에 올려놓았다.

"앉아." 내가 말했다.

"의자가 하나밖에 없는데."

"같이 앉자."

나는 상자 뚜껑을 열고 파란 표지로 된 두꺼운 공책을 꺼냈다. 우리 둘은 의자의 양쪽 끝에 앉아서 공책을 펼쳤다.

25c

"친애하는 친구 기예르모여—" 나는 목에 힘을 잔뜩 주고 말했다. "그대에게 우리의 우취 모음집을 소개하노라."

"우…… 뭐라고?"

"우표 수집책이라고. 우취는 우표를 모으는 취미라는 뜻이야. 아빠가 설명해 주셨어. 우표라는 단어와 취미라는 단어를 합한 거지. 19세기부터 써 온 말이래. 영국에서 처음으로 편지에 붙이는 우표를 사용하기 시작했을 때지. 그중 처음 나온 우표가 블랙 페니야. 나한텐 없어서 보여줄 수는 없지만."

"블랙 페니?"

"응. 까만 바탕에 영국 빅토리아 여왕이 있는 건데, 1페니여서 그런 거야(1페니 우표는 검은색이었고 2펜스 우표는 파란색이었다: 옮긴이). 조금 뒤에 스위스에서도 자기 나라 우표를 사용하기 시작했고, 세 번째로는 브라질에서도 우표를 사용하기 시작했어. 브라질 우표를 뭐라고 부르는지 알아?"

"뭐라고 부르는데?"

"'황소의 눈'이라고 해. 배에 있는 둥근 창문처럼 보였거든. 우리나라에서는 몇 년이 더 지난 다음에 처음으로 우표를 사용하기 시작했어."

나는 기예르모에게 아버지가 오래전에 모았던 첫 우표들을 보여 주었다. 몇몇 우표들은 외국 우표였다. 특별히 값이 나가는 우표는 아니었다.

"신기하지." 내가 말했다. "우표는 세상으로 향하는 조그만 창문 같아. 안 그래?"

기예르모가 우표 수집책 위로 몸을 숙이고 정말로 창문 밖을 엿보듯이 가까이에 있는 우표를 살펴봤다. 그 모습이 웃겨서 내가 웃음을 터뜨렸다.

그 애는 내가 자기를 보고 웃는지 아니면 다른 것 때문에 웃는지 잘 알지 못하는 듯 좀 불편한 기색으로 나를 바라봤다.

"왜 웃어?"

"네가 그 우표 속으로 빠져 들어가고 싶어 하는 것처럼 보였어."

기예르모가 다시 나를 바라보았다.

"예쁘다. 아니, 예쁜 게 아니라 특별해."

"맞아. 특별해. 특별하면 할수록 수집가들에게는 더 구미가 당기는 법이지."

"왜 그런 건데?"

"수집가들은 누구나 쉽게 손에 넣을 수 있는 걸 모으는 데는 흥미가 없잖아. 그들이 원하는 건 희귀한 수집품들,

아니 거의 유일한 수집품을 가지는 거거든.”

내 이야기를 들으면서 기예르모는 예전에 아버지가 나에게 반복해서 이야기를 들려주었을 때 내가 받았던 그 느낌을 받는 것 같았다.

“그 말은 이 우표가 엄청나게 비싸다는 말이야?”

“아니. 이건 특별하지만 어렵지 않게 구할 수 있어. 엄청나게 비싼 우표는 특별하면서도 구하기 어려운 것들이야. 솔직히 아빠하고 나한테 그런 우표는 없어. 아직은 말야. 우리가 수집한 우표들은 엄청…… 그러니까 좋은 거지만 비싸진 않아. 비싼 우표는 우연히 만날 수도 있지만 그런 걸 구하려면 돈을 아주 많이 써야 해. 우표 수집가들의 세계가 어떻게 돌아가는지 좀 더 설명을 해 줄까? 어쩌면 너도 흥미가 생겨서 수집가가 될 수도 있잖아.”

“내가?”

“그럼. 안 될 거 있어?”

“돈이 많아야 한다고 방금 그랬잖아.”

“네가 나중에 부자가 되지 말라는 법 있어?”

기예르모는 나를 빤히 바라보고는 이렇게만 말했다.

“부자가 되는 건 절대 쉬운 일이 아니야.”

“물론 그렇지. 그치만 생각해 봐. 행운을 가져다줄 특별한 우표 하나쯤은 구할 수 있을 거야. 그렇게만 된다면

수많은 수집가가 너한테서 그 우표를 사고 싶어 할걸."

"여기 있는 우표들 중 하나 말이지?"

"아니. 무슨 말이야? 이 우표 수집책에 비싼 건 한 장도 없다니까. 아까 내가 말했잖아. 하지만 세상에 하나뿐인 우표를 구하려고 엄청난 돈을 내는 사람들도 있다는 이야기를 들었어."

뒤집힌 비행기

“자,” 나는 계속 이야기했다. “훌륭한 수집가가 되기 위해서는 무엇보다 네 가지가 필요해. 확대경과 핀셋, 그리고 천공계산자…….”

“잠깐만, 뭐라고?”

“천-공-계-산-자. 우표 가장자리의 톱니 모양을 재는 데 쓰는 거야. 우표는 거의 다 끝이 톱니 모양으로 되어 있어. 항상 똑같은 건 아니고. 마지막으로 필요한 건 색도 분류기야. 우표에 인쇄된 색상을 탐색하고 조사할 때 쓰는 도구지.”

“좀 더 쉬운 이름을 붙이면 안 되나?”

나는 또 웃었다. 이번에는 기예르모가 불편해하지 않

았다. 나처럼 웃었기 때문이다.

"내가 고른 이름이 아냐. 하지만 맞아. 정말 이상한 이름이야. 그치? 계속할게. 한 장의 우표에는 모든 게 다 들어 있어. 종이의 두께, 색, 무늬, 세공……."

"또 그런 이름이야. 너랑 이야기하려면 공부 많이 해야겠다. 우취, 세공, 천공 뭐라고……?"

"천공계산자. 세공은 정말 재미있는 부분이야. 진짜 멋지게 세공된 우표들이 있어. 아, 그리고 톱니에 대해서 말하는 걸 잊어버렸네. 우표마다 엄청 다양해. 2센티미터 안에 들어 있는 톱니 수에 따라서 분류돼. 아빠가 처음 그 설명을 해 주셨을 때 얼마나 웃었는지 몰라. 톱니가 있는 우표라니!"

기예르모는 나에게서 눈을 돌려 보고 있던 우표에 집중했다.

나는 쉬지 않고 이야기를 계속했다. 가슴이 뭉클해졌다.

"그리고 다음에는 형태와 크기가 있어. 우표는 보통 크기가 작아. 근데 그거 알아? 19세기에 미국에서 한쪽 면이 거의 10센티미터가 되는 우표를 만들었어. 거인 우표지."

기예르모는 손가락을 펼쳐서 10센티미터가 얼마나

되는지 가늠해 보았다.

“이게 거인이야?” 기예르모가 의심쩍은 듯 중얼거렸다.

“우표에게는 그렇다는 거야. 하지만 진짜 가치가 있는 우표는 실수로 만들어진 거야.”

“어째서 실수로 만들어진 게 가치가 있다는 거야?”

“우표를 만들 때 잘못 만들어진 것들이야. 그런 건 사실 되게 드문 경우지. 실수를 자주 하는 건 아니잖아. 색깔이 잘못 나왔을 수도 있겠지. 이 경우엔 톤이 잘못된 거야. 아니면 그림을 인쇄할 때 실수한 경우도 있어. 예를 들면 엄청 유명한 스웨덴 우표가 있어. ‘트레스킬링 옐로’라고 하는데, 원래는 파란빛을 띠는 초록색으로 나왔어야 해. 그런데 노란색으로 인쇄된 거야. 전 세계에 단 한 장만 있대. 얼마나 값이 나갈지 한번 상상해 봐. 그걸 손에 넣은 사람은 얼마나 운이 좋은 사람일까.”

“돈도 어마어마하게 많겠지.”

“엄청나겠지. 우표 역사에서 가장 유명한 실수는 ‘뒤집힌 제니’야. 그런데 그건 100개나 있어서 트레스킬링 옐로만큼 값이 나가지는 않아. 그 우표는 비행기 그림이 거꾸로 인쇄돼서 나중에야 바로잡았어. 하지만 실수로 100장은 인쇄를 했어. ‘제니’는 비행기 이름이었는데 왜 그런 이름이 붙었는지는 모르겠다. 어쩌면 조종사의 아내나 어머니 이름이었을 수도 있겠지." 나는 이야기하는 데 푹 빠져 있었다. 모두 아버지에게 들은 이야기들이었는데, 비로소 내 목소리로 이야기를 한 것이었다. 얘기를 하면서 우표 수집책을 넘겼다. 드디어 아버지와 내가 함께 정리한 페이지가 나왔다. 슬프게도 정말 중요한 우표는 하나도 없었다. "지금까지 가장 유명한 수집품은 본 페라리라는 사람 거야. 1923년, 그러니까 30년 전에 경매에서 팔렸어. 무려 얼마에 팔렸는지 알아?"

기예르모가 고개를 저었다. 내가 들려준 이야기를 듣고 조금 넋을 잃은 것 같았다.

"200만 달러에 팔렸어."

"그게 얼마만큼인지 상상도 못 하겠어."

"그러게 말이야. 너도 나랑 우리 아빠처럼 수집가가 되어 봐. 언젠가 하나밖에 없는 우표를 만나면 우리는 부자가 되는 거야."

"아니. 안 될 거야. 너야 쉽겠지. 아버지가 우편배달부라서 우표를 구할 수 있으니까."

"그래. 그렇다고 해도 모든 우표를 구할 수는 없어. 아빠가 구할 수 있는 건 주로 스페인 우표지. 아주 가끔 외국에서 고르고스로 편지가 올 때도 있긴 해. 네 아버지가 우리를 도와주실 수 있으면 좋을 텐데……. 한번 여쭤보기라도 해 봐. 아프리카에 계시지 않다는 건 이미 알아. 그건 네가 꾸며 낸 말이잖아. 어디에 계시든 우표를 보내 주신다면 기가 막힐 거야. 어쩌면 우리 아빠가 우푯값을 주실 수도 있어.”

기예르모가 입술을 깨물며 고개를 숙여 우표 수집책으로 눈을 돌렸다. 그 페이지에는 프랑스와 벨기에 우표들이 있었다.

“모르겠어.” 마침내 기예르모가 중얼거렸다.

“다음에 오시면…….” 내가 계속 고집을 부렸다. “그냥 한번 여쭤보기만 하라고. 너한테도 좋은 생각일 수도 있어. 여행을 그렇게 많이 하신다면 우리 아빠보다 손쉽게 더 흥미로운 우표를 구하실 수 있을 거야.”

“다음에 오시면…….” 기예르모는 내 말을 따라 하다가 끝맺지 못하고 입을 다물었다.

그 순간 누군가 우체국 문을 세차게 두드리기 시작했다. 우리는 놀라서 서로를 바라보았다.

화가 난 우편배달부와 알 수 없는 일

아버지가 우체국 열쇠가 사라져 버렸다는 것을 알게 된 건 정말 우연이었다. 그 사실을 알자마자 깜짝 놀랐다고 한다. 우표 수집책을 한번 살펴보기 위해 내가 가져갔을 거라는 건 짐작할 수 있었다. 그러나 아버지는 허락을 받지 않고 가져간 것을 걱정한 것이다.

우표에 대한 취미, 거기에 더해서 우편물에 대한 관심은 아버지와 나 사이에 얼마 안 되는 공통분모였다.

집에서 우체국까지 달려오는 동안 아버지는 점점 더 화가 나는 걸 느꼈다. 허락받지 않고 나 혼자 우체국에 갔다는 사실뿐만 아니라 아버지의 감독 없이 만지다가 혹시라도 우표를 상하게 할까 걱정이 되었다. 경제적으로 값어치가 있는 건 아니지만 각각의 우표에는 자신만의 이야기가 있었고, 팔려고 한다면 정말 별거 아니었겠지만 아버지에게는 무한한 가치를 지니고 있었다.

나중에 아버지는 그때 머릿속에 온갖 나쁜 생각들이 떠올랐었다고 이야기했다. 우표를 잃어버리거나 손상되거나…… 아니면 우표의 위치가 바뀐다거나, 아니면 심지어…….

우체국 문 앞에 도착했는데 안에서 문이 잠겨 있었다. 그래서 아버지는 주먹으로 나무 문을 탕탕탕 두드렸다. 세 번, 네 번, 다섯 번, 여섯 번.

거의 1분 정도 지나서야 나는 겨우 문을 열 용기를 냈다.

"아빠……."

"어떻게 네가……." 아버지는 말을 잇지 못했다. 그 순간 사무실 문 앞에 있는 기예르모를 발견했기 때문이다. "그런데……! 너희 둘이 여기에서 뭘 하는 거야?"

"우표를 보여 주고 있었어요." 내가 대답을 했고 기예르모는 고개를 끄덕였다.

갑자기 아버지의 눈이 나를 비껴갔다. 아버지의 분노는 예상치 못한 곳에 이르렀다. 아버지는 기예르모를 향해 손가락질하더니 거리 쪽을 가리켰다.

"너, 여기서 나가! 지금 당장!"

나는 어찌해야 할 바를 몰랐다.

기예르모가 고개를 푹 숙이고 나를 쳐다보지도 못한 채 그곳을 떠나는 모습을 바라보는 수밖에 없었다. 그동안 아버지는 내가 한 번도 들어 보지 못한 온갖 욕을 퍼부었다.

기예르모는 거리 위쪽으로 멀어져 갔다. 아버지가 문을 쾅 닫았다.

"절대 안 된다. 이사벨! 내 말 들었어? 절대로 다시 만나서는 안 돼!"

아버지에게 열쇠를 건넸다.

"죄송해요. 다시는 열쇠에 손대지 않을게요."

아버지는 그게 무엇인지 알아보지 못하는 것처럼 열쇠를 바라보았다.

"다시는 저 아이를 여기에 데려와서는 안 된다. 다시는 저 아이와 이야기해서도 안 돼. 다시는, 이사벨."

"하지만…… 제가 오자고 했어요. 우표 수집책을 보여 주겠다고 했어요. 기예르모는 우취가 무슨 뜻인지도 몰랐어요."

"금지야! 알았어?"

아버지는 사무실로 들어가서 더는 아무 말 않고 한참

동안 우표 수집책을 살펴보았다. 나는 '금지'라는 것이 무슨 말인지 이해하지 못한 채 바닥에 구두가 박혀 있기라도 한 듯 꼼짝 못 하고 서 있었다. 열쇠 때문에 화가 났다는 건 이해할 수 있었다. 그런데 왜 기예르모에게 화를 낸단 말인가?

침묵

이후 2주 동안 기예르모 소식을 알 수 없었다. 동네에서도 보지 못했다. 아버지는 우편 자루를 받으러 갈 때 내가 따라가는 것을 더 이상 허락하지 않았다. 그래서 기예르모가 자기 아버지가 기차에서 내릴지도 모른다는 희망을 품은 채 이틀에 한 번씩 역에 가는지도 알 수 없었다.

아버지의 화가 수그러든 느낌이 들자 나는 모든 것이 내 생각이었고 기예르모를 나무라면 안 된다는 것을 설명하려고 했다. 하지만 아버지는 헛기침만 하면서 내 말은 들으려고도 하지 않았다. 어쩔 수 없이 엄마와 둘이 있을 때 아버지가 왜 기예르모에게 화를 낸 건지 물었다. 그러나 엄마의 대답에서도 분명한 걸 알아낼 수 없었다.

"이사벨. 아직은 네가 알 수 없고 또 알아서는 안 될 것들이 많단다."

그 말을 하는 동안 엄마의 표정은 쓸쓸했고 뭔가 체념하는 듯했다. 그래서 더 이상 물어볼 수 없었다. 우체국 열쇠를 몰래 꺼내 간 건 나쁜 짓이었다. 그래도 그렇지, 아버지는 왜 기예르모에게 화를 내고 나한테 다시는 기예르모와 만나지 말라고 했을까?

나는 갑자기 소리치고 싶었고 나 역시 화가 났다는 걸 드러내고 싶어졌다. 하지만 뭐라고 말을 해야 할지 몰랐다. 아버지가 쏟았던 욕들을 한마디라도 한다면 분명히 나는 벌을 받을 것이었다. 그래서 이렇게 소리치는 수밖에 없었다.

"빌어먹을 우표 같으니라고!"

엄마는 어쩔 수 없이 웃음을 터뜨렸다. 엄마는 우표에 손톱만큼도 관심이 없었다. 남편이 몇 시간씩 돋보기를 들고 우표를 바라보고 또 바라보아도 흥미를 느끼지 못했다. 엄마에게는 단순히 그림이 그려진 종잇조각에 불과했다. 어떤 우표는 다른 우표들보다 조금 더 예뻤다. 하지만 그뿐이었다.

나는 우취에 대한 내 열정을 거부하기로 결심했다. 나를 벌주었던 아버지에게 내가 줄 수 있는 벌이었다.

방학이 끝나고 처음 학교에 간 날, 교실에 들어가기 전에 기예르모를 만나려고 기다렸다. 기예르모는 거의 모든 아이가 들어가고 난 다음에 도착했다. 어머니와 함께였다.

두 사람은 손을 잡고 아무 말 없이 걸었다. 기예르모는 새 학기가 시작되었다는 게 하나도 기쁘지 않은 것처럼 보였다. 건물 가까이에 오자 아줌마는 기예르모 이마에 입을 맞추고 작별 인사를 했다. 거기서부터 기예르모는 마지못해 걷는 듯 꾸물대며 앞으로 걸어갔다.

기예르모는 문 옆에서 나를 보았을 텐데도 아는 척을 하지 않았다.

어안이 벙벙했다. 기예르모까지 나를 벌주는 걸까?

나는 풀이 죽어서 마지막으로 들어갔다.

그해에는 도청이 있는 도시에서 새로운 선생님이 오실 거라는 소문이 돌았다. 그러나 교실에 들어가자 우리가 이미 알고 있는 헤나로 신부님의 모습이 보였다. 뚱뚱하고 머리는 벗어졌으며 권투 선수같이 커다란 손을 가진 분이었다. 젊은 시절, 사제가 되기 전에 권투를 했었다는 말이 있었다.

"모두들 안녕!" 헤나로 신부님이 우리에게 인사했다.

"안녕하세요? 헤나로 신부님!" 우리가 대답했다.

나는 기예르모가 입술 하나 움직이지 않는다는 사실을 알아챘다. 다시 한번 자기만의 침묵의 세계에 빠져 있었다.

돌멩이들

바로 그날 학교에서 나오는 길에 기예르모에게 말을 걸어 보려고 했다.

아침에 등교할 때와는 다르게 헤나로 신부님께서 수업이 끝났다고 하자마자 기예르모는 짐을 챙겨 재빨리 교실을 빠져나갔다. 마치 바닥을 딛고 있는 발에서 불이라도 나는 듯이 말이다.

나는 뒤를 따라갔다. 그런데 몇몇 남자애들이 급한 듯 문 앞에 몰려들어 서로 밀치면서 빨리 가자고 재촉했다.

"자, 가자! 가는 거야!"

"빨리!"

"도망간다!"

"돌멩이를 집어!" 누군가 중얼거렸다.

내가 겨우 밖으로 나갔을 때 기예르모의 모습은 이미 오솔길 사이로 사라진 뒤였고, 다른 아이들이 같은 쪽으로 뛰어가고 있었다. 마치 달리기 경주라도 하는 듯 보였다.

50미터 정도 앞에서, 그러니까 오솔길이 모퉁이를 돌아 학교에서 더 이상 눈에 띄지 않는 곳에 이르자 첫 번째 돌멩이가 하늘로 솟아올랐다. 틀림없이 기예르모는 귓가에 맴도는 소리를 들었을 것이다. 기예르모는 온 힘을 다해 달리기 시작했지만 곧바로 돌멩이들이 비처럼 쏟아졌다. 대부분은 빗나갔지만 적어도 세 개는 적중했다. 두 개는 등에, 그리고 하나는 머리에.

나는 막 모퉁이에 도착했다. 그리고 돌멩이들이 하늘에서 포물선을 그리며 떨어지는 모습을 봤다. 다시 한번, 우체국에서처럼 나는 꼼짝 못 했다.

덤불 사이에서 누군가 소리쳤다.

"도망가, 비겁한 놈아! 도망가라고!"

"도둑놈!" 한 아이가 성난 어른의 목소리를 흉내 내며 소리 질렀다.

다른 아이들이 메아리처럼 따라 했다.

"도둑놈! 도둑놈! 도둑놈!"

"오늘 영국에서 베난시오 할아버지에게 편지가 한 통 왔어." 아버지가 알려 주었다. "조카가 아는 사람이 그곳에 있다고 하시더구나. 나한테 우표를 한 장 선물하셨단다. 블랙 페니는 아니지만 아주 예뻐. 보고 싶지 않니?"

궁금했다. 하마터면 보겠다고 말할 뻔했다. 그러나 유혹에 넘어가지 않고 우취에 대한 열정을 거부하기로 했던 결심을 떠올렸다.

"아니요." 내가 대답했다.

슬쩍 옆을 보니 부모님이 눈빛으로 대화를 나누고 있었다. 아버지는 조그만 소리로 투덜대면서 의자에서 일어나 주방을 나갔다.

"네가 우표 수집을 좋아하는 줄 알았는데." 엄마가 중얼거렸다. 마음을 터놓고 이야기를 하고 싶어 하는 느낌이었다.

"이제는 아니에요."

"그 아이 일 때문이니? 너랑 그렇게 친한 친구인 줄 전혀 몰랐네."

눈물이 나려고 해서 놀랐다. 무슨 일인지 이해할 수 없었기 때문에 화가 나서였을 것이다.

"우리가 친구인지 모르겠어요."

"그러면?"

그래. 그러면 뭐지? 기예르모를 만나지 못하게 하는 것 때문에 왜 이렇게까지 화가 나는 걸까? 그 애가 학교에서 나를 모르는 척했을 때 왜 그렇게 마음이 아팠던 걸까? 그리고 왜 다른 아이들이 그 애한테 돌멩이를 던지면서 비겁하다고 하고 도둑놈이라고 했던 걸까?

"아무것도 아니에요." 내가 말했다.

몇 분 지난 다음에 엄마가 말했다.

"알고 있니? 아버지는 네가 그 영국 우표를 보고 싶다고 하길 바랐던 것 같아. 너를 조수로 두는 걸 무척 좋아했으니까."

나는 고개를 끄덕였다. 하지만 내가 계속 조수가 되고 싶은지 알 수 없었다.

나는 일어나서 문 쪽을 향해 걸음을 옮겼다. 그러다 멈추었다.

"제가 알고 싶은 게 뭔지 아세요?"

"뭔데?"

"기예르모한테 무슨 일이 있는 건지, 또 애들이 왜 돌을 던지는지 알고 싶어요."

두 번째 질문을 할 때 목소리가 떨렸고, 참지 못해 터져 나온 눈물이 뺨을 타고 흘러내렸다. 그래서 나는 복도로 달려 나갔다. 우는 걸 아무에게도 들키고 싶지 않았다.

나는 방으로 들어가 이불 속으로 숨었다. 거기서는 내가 진정될 때까지 실컷 울 수 있을 테니까.

오후에 아버지가 내 방에 들어왔다. 나는 계속 엎드려 있었지만 잠들지는 않았다. 아버지가 침대 발치에 앉았다.

"베난시오 할아버지가 선물한 우표를 가지고 왔다." 아버지가 조그맣게 말했다.

"보고 싶지 않아요."

"나중에 우표 수집책에 꽂아 놓으려고 해. 그 전에 먼저 너한테 보여 주려고 했지."

"보고 싶지……."

"그래. 네가 보고 싶어 하지 않는다는 거 안다. 그래도 우표가 어떤지 들려주고 싶구나. 네가 상상할 수 있도록 말이야. 이 우표에는 영국 여왕이 나오진 않고 왕관만 있어. 바탕은 파란색이고 왕관은 붉은색으로 되어 있지. 굉장히 단순해. 단순하면서도 참 예뻐. 때때로 아름다움은 가장 단순한 것들 안에 있단다."

아버지 이야기를 듣고 있었지만 안 들은 척하려고 애

를 썼다. 베개에 얼굴을 파묻고 꼼짝하지 않았다.

아버지는 몇 분간 조용히 있었다. 그러고 나서 나에게 질문을 했다. 아마도 그러려고 내 방까지 왔던 것 같다.

"그 아이 말이다…… 기예르모. 그 아이한테 돌을 던졌다고 했니?"

이제 나는 몸을 돌렸다. 고개를 옆으로 돌리고 아버지를 바라보았다. 아버지는 멍하니 우표만 응시하고 있는 것처럼 보였다.

"학교의 다른 아이들이요. 하굣길에서."

"다치지 않았다면 좋겠구나."

"하나는 머리에 맞았어요. 작은 돌멩이였어요."

"그 아이랑 함께 있었니?"

나는 그 질문이 함정일까 봐 두려웠다.

"아니요. 멀리서 봤어요."

"조심해야 한다."

"걔네는 짐승 같아요. 기예르모를 따라 달려가서 등 뒤에다 돌멩이를 던지고 욕을 했어요."

"헤나로 신부님은 못 보셨니?"

"못 보셨어요."

"잘 들어라……." 아버지가 말을 시작했다. "나는 네가 기예르모라는 아이와 놀지 않았으면 한다. 만나지 않는 편이 좋아. 다른 아이들이 한 짓이 옳다는 말은 아니다. 그런 불량배 같은 짓은 옳은 일이 아니야."

"대체 왜 돌을 던졌는지 모르겠어요. 기예르모는 아무것도 하지 않았는데 말이에요."

"사람들은 가끔 실수를 한단다. 네가 내 허락을 받지 않고 열쇠를 가져간 것처럼 말이야. 트레스킬링 옐로처럼 우표를 만들면서도 실수가 있었지. 어른들도 잘못을 저지른단다. 그런 잘못들은 너희 아이들이 저지르는 잘못보다 훨씬 심각하고 끔찍한 짓이지."

나는 그 말이 무슨 뜻인지 이해하게 해 줄 다른 말을 기다렸다. 그러나 아버지는 일어나서 방을 나갔다.

쉬는 시간에

그날 이후 아줌마는 학교 정문에서 기예르모를 기다렸다. 몇몇 아이들 표정을 보니 기예르모를 다시 괴롭히지 못하게 되어 실망하는 기색이 역력했다.

그즈음 나는 아버지가 헤나로 신부님께 봉투를 하나 전달하면서 이야기 나누는 것을 목격했다. 처음에는 신부님도 아버지도 미소를 짓고 있었다. 그러나 나중에는 두 분 모두 진지해졌고, 헤나로 신부님은 인상을 쓰시며 고개를 가로저었다.

그리고 바로 그다음 날 쉬는 시간에 싸움이 벌어졌다.

헤나로 신부님은 가르치는 걸 좋아하는 분이 아니었

다. 그 누구보다도 신부님께서 도시에서 오기로 약속한 선생님이 제때 도착하기를 바라고 있을 거라고 확신했다. 그때까지 신부님은 수업 시간에 대부분 아이들에게 돌아가며 큰 소리로 책 읽기를 시켰고 수학 문제를 풀도록 했다. 자유롭게 아이들을 지도할 수 있었기 때문에 자주 운동장에 내보냈고, 교실로 다시 돌아올 때까지 충분한 시간을 주셨다. 그동안 신부님은 여유 있게 담배를 피우거나 잠깐 낮잠을 주무시기도 했다.

쉬는 시간에 신부님이 감독을 안 하시면 아무도 우리의 놀이를 지켜보지 않았다. 몇몇 아이들은 바람 빠진 공을 차고, 어떤 아이들은 땅따먹기 놀이를 하고, 또 다른 아이들은 새총으로 과녁 맞히기 놀이를 했다. 기예르모는 투명 인간처럼 보이려고 애썼지만 모두의 눈에 띄었다.

그날 반에서 가장 나이 많은 아이 중 하나인 파비안은 신부님께서 건물 안으로 들어가신 것을 확인하자마자 곧바로 기예르모를 향해 다가갔다. 다른 아이들은 무슨 일이 일어날지 알아차리고 그 뒤를 따라갔다.

기예르모는 바닥을 바라보고 있어서 아이들이 덮칠 정도로 가까이 다가올 때까지 알아차리지 못했다.

"지금은 엄마가 없으니 치마폭에 숨을 수도 없고. 안 그래?" 파비안이 비아냥대며 큰소리쳤다.

모든 아이가 놀이를 멈췄다. 학교 전체가 다섯 명 정도의 아이들이 기예르모를 둘러싸고 있는 운동장 구석에 집중했다. 그때 나는 몇 미터쯤 떨어진 곳에서 땅따먹기 놀이를 하고 있었는데, 세 번째 칸에 한쪽 발만 들고 서 있었다. 무슨 이야기를 하는지 충분히 들릴 만한 거리였다.

기예르모는 파비안에게 등을 돌리려고 했지만 파비안이 힘으로 밀어붙였다.

"바닥에 엎어져! 비겁한 놈."

"날 내버려 둬!"

파비안이 두 번째로 밀쳤다. 처음보다 더 세게 밀어서 기예르모가 비틀거렸다.

"바닥에 엎어지란 말이야!"

파비안은 자기 마음대로 되지 않자 세 번째로 걷어차고는 기예르모를 자빠뜨렸다. 파비안은 기예르모 위에 올라타서 주먹으로 얼굴을 때리기 시작했다.

주변에 있던 아이들이 한목소리로 외쳤다.

"도둑놈 기예르모! 역겨운 성당털이범!"

나는 헤나로 신부님을 찾으러 달려가려고 했다. 그런데 내가 움직이기 전에 신부님이 위엄 있는 모습으로 운동장에 나타났다.

곧바로 아이들이 놀려 대는 소리가 멈췄다. 파비안은

나이에 비해 몸집이 컸음에도 목덜미를 잡힌 채 순식간에 교실까지 끌려갔다.

"모두 교실로!" 헤나로 신부님이 가을 하늘의 천둥소리만큼 쩌렁쩌렁한 목소리로 명령했다.

마지막으로 기예르모가 자리에 앉았다. 한쪽 코에서 계속 코피가 흘러내렸다. 손등으로 닦아 보려고 했지만 소용없었다.

그렇게 10분 정도 시간이 흘렀다. 마침내 헤나로 신부님이 입을 열었다. 10분 동안 아무도 감히 개미 소리 하나 안 냈고, 권투 선수의 손을 가진 신부님에게서 눈을 떼지도 못했다. 온 세상이 멈춘 것 같았다.

헤나로 신부님은 앞쪽 벽면을 응시했다. 그곳에는 십자고상(십자가에 못 박힌 그리스도상으로, 예수 그리스도의 수난을 보여 준다: 옮긴이)이 있었다. 헤나로 신부님은 다시 아이들을 바라보면서 이야기를 시작하셨다.

"파비안. 너는 다음 달 내내 벌을 받아야 한다. 나한테 더 심한 벌이 생각날 때까지 친구들이 큰 소리로 책을 읽는 것을 전부 다 칠판에 써야 해. 철자 하나라도 틀리면 방과 후에 그 글자를 스무 번씩 써야 한다."

"하지만 재는 맞아도 싸요, 신부님!" 파비안이 대들었다.

"너한테 아무것도 묻지 않았다." 신부님이 말씀하셨다.

"도둑놈이라고요!"

"입 다물어라, 파비안! 벌을 두 배로 받고 싶진 않겠지. 너희들은 모두 집으로 돌아가라. 기예르모만 남아. 너는 남아 있어."

"아직 시간이 안 됐는데요, 신부님!" 누군가 말했다. 파비안과 함께 있던 아이들 중 하나였다.

"맞아. 어쨌든 너희들 모두 집으로 돌아가서 부모님에게 왜 오늘 수업이 평소보다 일찍 끝났는지 말씀드려야 한다. 친구 중 한 명이 다른 친구를 때렸는데 나머지는 아무 행동도 취하지 않고 구경만 하고 있었다고 말씀드려라. 아무 행동도 하지 않은 점에 대해서 너희들이 무엇을 느껴야 하는지 생각하길 바란다."

또 하나의 기차

나는 흙으로 된 길모퉁이에 앉아서 기예르모를 기다렸다. 아줌마가 슬픔에 잠겨 느릿하게 걸어오는 게 보였다. 야위었지만 감추어진 아름다움이 살짝 엿보였다. 바닥만 바라보고 걸어서인지 등이 구부정했다.

헤나로 신부님은 기예르모를 데리고 마중 나왔다. 신부님과 아줌마는 잠시 이야기를 나누었다. 나는 어른들이 마치 우리가 옆에 없는 것처럼 이야기하는 그런 상황이 너무 싫다. 기예르모도 그 순간 마찬가지일 거라고 생각했다. 헤나로 신부님이 건물 안으로 들어가시자 아줌마는 기예르모를 안아 주고는 파비안에게 맞아서 멍이 든 자국을 살펴보았다.

가까이 다가가고 싶었지만 그러지 않기로 했다. 기예르모와 아줌마가 학교를 나오는 것을 보고 나도 내 갈 길을 가려고 일어났다. 나는 눈에 띄지 않도록 최대한 빨리 자리를 떴다.

기예르모와 이야기를 하고 싶었다. 어디에 가야 단둘이 이야기를 할 수 있을지 알고 있었다.

토요일에는 우편물이 오지 않기 때문에 아버지는 기차역에 가지 않았다. 하지만 기예르모는 기차역에 있을 거라고 생각했다. 기차가 우편물을 싣고 오든 싣고 오지 않든 토요일 정오에 그 애의 아버지가 기차에서 내릴 가능성은 있었다.

기차역에 도착했을 때 내 생각이 맞았다는 것을 알 수 있었다. 기예르모는 거기 그 벤치에 앉아 있었다. 너무 자주 앉아 있었기에 이제는 기예르모의 벤치인 것 같았다. 승강장에는 알 수 없는 노래를 휘파람으로 불면서 기차가 도착할 때를 기다리는 페르민 역장님 말고 아무도 없었다.

기예르모의 얼굴은 부어 있었고 코는 빨갰다. 나는 옆에 앉아서 웃어 보였다.

"내가 같이 기다려도 괜찮을까?" 내가 물었다.

기예르모는 어깨를 으쓱하며 완전히 무관심한 척했다.

"어쩌면 운이 좋아서 너희 아버지가 오늘 오실지도 모르겠어. 그렇게만 된다면야 정말 감동일 텐데. 가장 최근에 어디에 계셨는지 알아? 아프리카 다음에 말이야. 어쩌면 인도에 다녀오셨을 수도 있겠다. 나는 인도 우표는 한 장도 없어. 아, 이제 우표 따위 그렇게 중요하지 않지만 말이야. 혹시 또 모르지. '모리셔스 우표'나 '1센트 마젠타 우표'를 구하게 된다면 다시 우표를 수집할지도. 그게 아니라면 나는 다른 일을 할래."

"이제 더는 부자가 되고 싶지 않은 거야?" 기예르모가 나를 쳐다보지도 않은 채 물었다.

이번에는 내가 어깨를 으쓱했다. 우표 수집을 그만두겠다는 굳은 결심을 지키기 위해 크나큰 노력을 해야 했다. 굴복하고 싶지 않았기 때문이다.

"저번 날에 아줌마를 기다리는 동안 헤나로 신부님께서 뭐라고 말씀하셨어?"

"권투를 가르쳐 주실 수 있다고 하셨어. 많이는 아니고. 오래전에 그만두셨대. 그래도 파비안을 막아 내고 몇 대 때려 줄 수 있을 만큼은 가르쳐 줄 수 있다고 하셨어."

"정말로 권투 선수셨구나. 그냥 떠도는 소문인 줄 알았는데."

"권투를 그만두고 신부님이 되셨대. 어쨌든 지금도 신부님이시니까 미사를 드린다는 이야기를 들었어."

"그러면 아줌마는? 권투 배우는 거 뭐라고 하셔?"

"엄마는 원하지 않으셔. 하지만 신부님께서 엄마를 설득했어. 싸움을 하라는 게 아니라 누군가 나한테 싸움을 걸어오면 방어할 수 있도록 하는 거라고."

"그러면 너한테 가르쳐 주시는 거야?"

"그러실 거 같아."

굽이진 기찻길을 바라보았다. 이제 기관차가 들어오는 모습이 보였다.

"네가 위대한 권투 선수가 될 거라고 생각하니?" 내

가 물었다.

기예르모는 기차가 거의 완전히 멈출 때까지 대답하지 않았다.

"아니. 나는 치고받고 싸우면서 살고 싶지 않아."

기차의 문들이 열렸다.

"틀림없이 너희 아버지가 이번 기차에서 내리실 거야. 두고 봐."

예기치 않았던 편지

기예르모의 아버지는 그 기차로 여행을 하지 않았다. 또 우리가 교실에서 큰 소리로 읽은 내용을 파비안이 칠판에 옮겨 적었던 한 달 내내 고르고스에 도착한 어떤 기차로도 오지 않았다.

그러나 편지는 한 통 도착했다. 우편 자루 맨 아래에, 그러니까 다른 열두 통의 편지들 아래 있었던 특별한 편지였다. 물론 다른 편지도 받는 사람들에게는 모두 특별했겠지만 그 편지만큼은 아니었다. 우표 때문에 특별했던 게 아니다. 우표는 이미 아버지가 갖고 있는 값나가지 않는 일반 우표였다. 그러나 내용이 특별했다.

그 편지에 적힌 수취인의 이름을 보았을 때 아버지는

뭔가 느껴지는 것이 있었는지 편지를 한쪽 옆으로 밀어 놓기로 했다. 그날은 베난시오 할아버지에게 온 편지가 마지막 배달이 되지 않을 것이었다.

나는 파비안이 칠판에 틀리게 글자를 썼던 것을 떠올리며 웃음을 참지 못한 채로 집에 돌아왔다. 파비안은 맞춤법을 제대로 몰랐다. 'ㅂ'과 'ㄷ'을 자주 혼동했고, 받침은 그때그때 생각나는 대로 써서 운이 좋은 경우에만 맞혔다. 헤나로 신부님은 어이없어하셨다. 어떤 때는 화가 나서 소리치기도 했고 또 어떤 때는 절망적으로 탄식했다.

내가 주방에 들어갔을 때 아버지는 손에 편지를 들고 있었다. 웃으려고 노력했지만 진지한 표정이었다. 자신의 생각이 좋은 생각인지 확신이 없는 것 같았다. 하지만 아버지는 생각한 대로 밀고 나가기로 했다.

"다녀왔습니다."

"어서 와라, 이사벨."

"그 편지 우리한테 온 거예요?"

아버지는 계속 손에 든 편지를 이리저리 흔들었다.

"아니. 하지만 내가 생각해 봤는데……." 아버지가 말을 더듬는 것을 보니까 내 눈이 휘둥그레졌다. "이 편지는 네가 직접 전달하고 싶을 거라는 생각이 들었다."

"제가요? 저한테 시키신다고요?"

"네가 원한다면. 누구에게 가는 편지인지 한번 봐라."

나는 편지 봉투를 받았다. 앞면에 여자 이름이 쓰여 있었다.

버지니아 트리바르 푸엔테

"네 친구 기예르모의 어머니에게 온 편지다." 아버지가 말했다.

"그런데 저보고 전달하라는 거예요?"

"그래. 그 부인은 오래도록 아무 편지도 받지 못했단다. 이 편지를 받으면 기뻐할 거야. 기예르모 아버지가 보낸 편지다."

나는 보낸 사람의 주소를 보려고 봉투를 뒤집었다. 아프리카도 아니고 인도도 아닌, 다른 먼 나라일 거라고는 생각하지 않았다. 그러나 주소를 본 순간 깜짝 놀랐다.

부르고스 감옥

나는 눈을 치켜뜨고 아버지의 눈에서 뭔가 설명이 될 만한 걸 찾으려 했다.

"감옥요? 기예르모 아버지가……?"

"자. 가지고 가라. 다른 편지들을 배달하면서 오늘 아침에 전달했어야 했는데. 하지만 네가 전달하고 싶을 거라고 생각했어."

"여기 적힌 주소가……." 나는 무슨 말을 해야 할지 몰랐다.

"서둘러 가면 저녁 먹기 전에 읽어 볼 수 있을 거야. 자. 빨리 가. 어쩌면 좋은 소식일지도 모르니."

이번에는 아버지 말에 따랐다. 나는 편지를 보물처럼 품에 꼭 끌어안고 밖으로 나왔다.

15분도 채 되지 않아 기예르모네 집에 도착했다. 숨이 차서 헐떡거렸고 다리가 아파 왔다. 그래도 기예르모와 아줌마가 얼마나 감격스러워할지만 생각했다. 나는 열심히 문을 두드렸다. 1초가 황금처럼 느껴졌다.

아줌마는 놀라서 문을 열었다. 아마도 집을 찾는 손님이 없어서였을 수도 있을 것이다. 아니, 적어도 식사 시간에 오는 사람은 없었겠지.

"안녕!" 아줌마가 나를 보고 인사했다. "이사벨이지? 웬일이야? 무슨 일 있니?"

"저희 아빠가요." 나는 숨을 가다듬느라 말을 더듬었다. "이 편지를 갖다드리라고 하셨어요. 오늘 아침에 온 편지예요.”

그때 기예르모가 나왔다. 집 안으로 통하는 복도에서 밖을 내다보고 있었다.

“무슨 일이에요, 엄마?”

그러나 아줌마는 아들의 목소리조차 듣지 못한 것 같았다. 떨리는 손가락으로 봉투를 찢고 안에 접혀 있는 편지지를 꺼냈다.

“아버지에게서 온 편지야, 기예르모.” 내가 말했다. 내가 그곳을 떠나야 하고 어머니와 아들 단둘이서 편지를 읽도록 해야 한다는 걸 알고 있었는데도 발이 움직이지 않았다.

아줌마가 얼마나 빨리 편지를 읽어 내려가는지 지켜봤다. 어떤 부분에서는 잠시 멈추기도 했다. 편지를 읽어 나가면서 놀라움과 감동이 더해 가는 표정이었다. 아줌마는 다 읽고 나서 뒤돌아보았다.

아줌마는 크게 숨을 쉬며 아들을 끌어안았다.

“무슨 일인데요? 엄마.”

아줌마는 아무런 말도 하지 못했다. 눈물이 흘러내려 아무 말도 하지 못했다.

진실

"아버지를 풀어 준대."

우리는 길에서 떨어진 기차역 가까이에 있는 나무줄기에 등을 대고 바닥에 앉아 있었다.

몇 분이나 지나서야 물어볼 용기가 생겼는지 모르겠다.

"너희 아버지가 뭐 때문에 감옥에 들어가신 건데?"

"교회에서 물건을 훔치려고 했어. 이 동네 말고 먼 동네에서. 여러 해 전에 아버지는 사고로 부상을 당했어. 엄마하고 결혼하고 얼마 안 돼서 그랬대. 왼손을 전혀 못 써서 아무 데서도 일자리를 구하지 못했어. 그때부터 엄마가 돈을 벌어야 했는데 많이 벌진 못했지. 아버지는……."

기예르모가 이야기를 멈췄다. 다시 말을 꺼낼 때까지 나는 아무 말도 하지 못했다. "아버지는 자신이 쓸모없다는 사실을 참을 수가 없었나 봐. 어떤 일이든 찾아서 하려고 했지만 일을 구하지 못했지. 엄마가 버는 몇 푼 안 되는 돈을 가지고 견뎌야 하는 게 괴로웠던 것 같아. 그 몇 푼 안 되는 돈이 전부였거든. 그래서 훔쳐서라도 돈을 좀 더 만들어 보려고 하셨던 거야. 그런데 그 성당 신부님이 제의실에서 아버지를 발견했어. 아버지는 달아나다가 신부님을 밀쳤는데 신부님이 넘어지면서 머리를 부딪혀서 다쳤고. 연세가 많은 분이었지. 아버지는 곧바로 붙잡혔어. 숨을 줄을 몰랐던 거야. 아프리카에 있었던 적도 없고 또 다른 먼 나라에 있었던 적도 없어. 만일 그런 곳에 있었더라면 거기에서 숨을 수 있었을 텐데. 그때부턴 내내 감옥에서 지냈어. 내가 네 살 때부터."

"정말 안됐다." 내가 중얼거렸다.

"그래서 파비안과 다른 애들이 나보고 도둑놈이라고 했던 거야."

"걔들 말은 들은 척도 하지 마. 바보들이야."

기예르모는 한참 동안 아무 말도 하지 않았다.

"엄마가 편지를 읽으라고 주셨어. 아버지는 마침내 조국으로 돌아오게 되었다고 하셨어. 아버지의 유일한 조국은 우리야. 엄마와 나."

"언제 여기에 오신대? 언제 도착하셔?"

사흘 뒤 얼굴 한 번 본 적 없는 사람이 고르고스에 도착한 날, 나는 집에서 빠져나왔다. 혼날 것을 알았지만 부모님이 역에 못 가게 반대할 거라는 것도 알았다. 그래서 나는 내 방 창문으로 도망쳐 나와 아무도 따라오지 못하도록 들판을 가로질러 달리기 시작했다.

기예르모가 나를 봐서는 안 되었다. 하지만 기예르모가 아버지와 만나는 순간에 함께하고 싶었다. 그토록 여러 날 아무 희망 없이 기다려 왔던 아버지를 만나는 순간이니 말이다. 나는 기찻길을 건너 반대편에 있는 옛 기차역으로 다가갔다. 그곳은 나무들이 무성해서 페르민 역장님도, 기예르모와 아줌마도 나를 볼 수 없을 것이었다. 나는 승강장이 보이는 곳에 자리를 잡고 기다렸다. 기차에 우편물이 실려 오지 않는 날이어서 아버지가 나타날 일도 없었다.

기다리는 동안 개미집을 발견했다. 바닥에 개미들을 위한 온갖 종류의 길을 만들면서 시간을 때웠다. 개미들이 끝없이 줄지어 집으로 돌아갔다.

조금 뒤 기차를 기다리는 사람들이 나타나기 시작했

다. 기차를 타고 여행하려는 사람들이거나 누군가를 기다리는 사람들이었다. 첫 번째로 도착한 사람들 중에 기예르모와 아줌마가 있었다. 두 사람은 손을 꼭 잡고 있었다. 내 자리에서 친구의 얼굴을 자세히 살펴보았다. 생일 선물이나 크리스마스 선물을 풀어 볼 준비를 하듯 얼굴이 반짝였다.

얼마 지나지 않아 기차가 덜컹거리면서 들어오는 소리가 들렸다. 나는 나무 기둥 뒤에 숨어서 몸을 일으켰다. 기차가 도착했고, 다시 기차는 떠났다. 내가 다시 승강장을 보았을 때 그곳에는 이제 세 사람만 남아 있었다. 기예르모와 아줌마가 키가 크고 무척 마른, 너무나도 마른 남자를 끌어안고 있었다. 너무 말라서 첫눈에 나는 유령인 줄 알았다. 유행이 한참 지난 옷은 낡아서 닳아빠졌고 몸에 맞지 않게 너무 컸다. 역장님은 잠시 그들을 바라보더니 자리를 비켜 주었다. 아마도 나처럼 오랜만의 재회를 방해하면 안 된다고 느꼈던 것 같다. 하지만 나는 눈을 뗄 수 없었다.

세 사람은 미동도 없이 그대로 있었다. 비록 얼굴을 볼 수는 없었지만 행복에 겨워 눈물을 흘리고 있으리라 생각했다. 그들의 눈앞에 펼쳐진 현실이 꿈이 아니라고 믿는 것이 어렵겠다고 짐작했다.

곧바로 내가 그곳에 있다는 사실이 부끄러워졌다. 페르민 역장님처럼 나도 자리에서 일어났다. 내가 그곳에서 그들을 지켜보고 있다는 걸 기예르모에게 들키고 싶지 않았다.

마지막 기차

그다음 토요일 아침, 내 방 창문에서 이상한 소리가 나서 잠에서 깼다. 비가 오나 보다 생각했다. 그런데 침대에서 몸을 돌려 창문을 보니 비가 오는 건 아니었다. 흐린 날이었다. 유리창에 빗방울이 떨어진 흔적은 없었다. 팔꿈치에 몸을 기대려는 바로 그 순간 공중에 포물선을 그리면서 유리창에 자그마한 돌멩이가 부딪치는 모습이 보였다. 곧 다른 돌멩이가 날아왔다.

나는 급히 창문 쪽으로 가서 밖을 내다보았다.

기예르모가 아래에 있었다. 다시 폭격하려고 새로운 탄약을 찾는 중이었다. 나는 문을 열고 고개를 내밀었다.

"뭐 하는 거야?"

기예르모가 나를 바라보았다. 분명한 대답이 있기라도 한 것처럼 어깨를 으쓱했다.

"나올 수 있어?"

"아침도 안 먹었는데."

"잠깐이면 돼. 나올 수 있지?"

그 애의 목소리에서 다급함이 느껴졌다. 그래서 기다리라고 손짓을 하고 방문 쪽으로 가 혹시 부모님이 벌써 일어나서 집 안에 무슨 소리가 들리는지 귀를 기울였다. 아무 소리도 들리지 않았다. 나는 재빨리 옷을 입고 기예르모를 만나기 위해 창문을 넘는 모험을 감행했다.

그 애의 아버지가 도착하는 모습을 기차역에서 훔쳐본 이후 만나지 못했다. 그래서 무슨 새로운 소식이 있을까 무척 궁금했다. 이제는 기예르모가 활기를 되찾았을 거라고 생각했다. 이제는 늘 고개를 푹 숙이고 아무 말도 없이 걷지 않을 거라고 생각했다. 이제는 아버지가 돌아왔으니 다른 아이들이 더는 놀리지 않을 거라고 생각했다.

기예르모가 나에게 "이리 와" 하고 말했다. 우리는 집에서 조금 떨어진 곳으로 갔다. 혹시라도 부모님이 일어나서 창문을 통해 우리 모습을 볼까 걱정이 되었다.

기예르모는 나를 만나러 온 이유를 말했다. 그 애의 말을 듣자 내 안에서 뭔가 부서지는 느낌이 들었다.

"우리는 떠날 거야. 며칠 있으면 기차를 타. 아버지가 부르고스에서 일자리를 구하셨어. 감옥에서 만난 다른 친구분이 주선해 주신 거야. 아버지는 감옥에서 몇몇 사람들에게 글을 읽고 쓰는 법을 가르쳐 주셨대. 그중 한 분이 아버지보다 먼저 나가셨는데 그분 친구가 일자리를 줄 수 있다고 했대. 이제 아버지가 나오셨고 그분이 말한 대로 일자리를 구하게 되었어."

그 순간 내 심장이 쿵쿵거리기 시작해서 멈춰 버릴 것만 같았다. 기예르모의 손을 꼭 잡고서 내가 옆에 있다는 말을 하고 싶다는 마음만 가득했다. 혼자가 아니라는 사실을 상기시켜 주고 싶은 생각밖에 없었다. 바로 그 순간 기예르모가 아무 말도 없이 나에게 입을 맞췄다.

입술에 스치기만 했을 뿐이다. 마치 겁먹은 새 한 마리가 입술을 살짝 쪼듯이.

"고마워, 이사벨." 기예르모가 말했다.

그러고는 뛰어갔다.

나는 그 자리에 우두커니 서서 기예르모가 모퉁이를 돌아 내 눈앞에서 사라져 가는 모습을 바라보고만 있었다.

그날 기차는 우편물을 가져왔고, 기예르모와 기예르모의 가족을 데려갔다.

기예르모를 볼 마지막 기회가 될 것이었다. 아버지와 같이 가고 싶지 않았다. 나는 전날처럼 기차역 가까운 곳에 몸을 숨겼다. 기차가 고르고스를 떠나가는 길 바로 옆으로.

그날의 기다림은 짧았다. 너무 짧았다. 나는 기차가 도착하지 않기를 바랐기 때문이다. 그리고 기차가 고르고스를 떠나지 않기를 더욱더 바라고 있었다.

하지만 기차는 도착했다. 페르민 역장님에게 인사한 뒤 우편물 자루를 어깨에 메고 우체국으로 향하는 아버지의 모습을 상상했다.

언제나처럼 기차는 잠깐 멈추었다. 2분이 채 지나지 않아 호루라기 소리가 들렸다. 기관차가 기적을 울리면서 더디게 출발했다. 나는 나무들 사이에서 나왔다. 기차는 내 앞에서 천천히 움직였다. 기관사가 나를 발견하고는 놀라서 거기 있으면 안 된다고 경고의 호루라기를 불었다.

하나씩 하나씩 기차가 모두 다 지나갔다. 아직 속도를 내지 않았기 때문에 창문을 통해 사람들의 얼굴을 알아볼 수 있었다. 나는 기예르모를 알아보았고 기예르모 역시 나를 보았다. 그 애는 용수철처럼 발딱 일어나서 창문에 달라붙었다.

나는 기차를 따라 달렸다. 하지만 내가 질 수밖에 없는 불합리한 경주였다. 기예르모의 얼굴이 곧 희미해졌다. 마지막 기차 칸이 나를 추월했고 나는 점점 뒤처졌다. 기차는 점점 더 멀어졌다. 나는 계속 달렸다.

기차가 멀리 사라져 버릴 때까지 달리고 또 달렸다. 나는 기찻길로 들어섰고 나무로 된 철로 위를 달렸다. 지쳐서 더는 달릴 수 없을 때까지 달렸다. 마침내 한쪽 레일 위에 주저앉아서 숨을 가다듬었다.

한 달쯤 지난 뒤에 내 이름으로 편지가 하나 도착했다. 기예르모가 부르고스에서 보낸 편지였다. 삐뚤삐뚤한 글씨로 쓴 간단한 편지와 우표가 하나 들어 있었다.

그다지 값이 나가는 우표가 아니라는 건 알지만 나한테는 좀 특이해 보였어. 네 마음에 들었으면 좋겠네. 그리고 이미 갖고 있는 우표가 아니었으면 좋겠다.

이후로도 나는 정기적으로 기예르모에게 새로운 편지를 받았다. 몇 줄의 메모와 새로운 우표였다.

기예르모의 아버지가 얻은 일자리는 기대했던 것만큼 좋은 자리는 아니었다. 하지만 시작이었다. 기예르모의 아버지는 조금씩 더 좋은 일자리를 구했고 고르고스로 돌아오지는 않았다. 기예르모와 나는 편지를 주고받으며 계속 관계를 이어 갔다. 기예르모는 언제나 나에게 새로운 우표를 보내 주었고, 나는 그 우표를 내 수집책에 끼워 넣었다. 시간이 흐르면서 기예르모는 여행을 하기 시작했다. 처음에는 일자리를 찾아 독일로 갔다. 그다음에는 프랑스에 갔고, 아일랜드에도 갔다. 그리고 한번은 북경에서 보내온 편지를 받은 적도 있다.

나에게서 기예르모를 데려간 기차 뒤를 따라 달렸던

그날로부터 여러 해가 지난 오늘, 나는 새로운 편지와 새로운 우표를 받았다. 스웨덴 우표였다. 그 유명한 트레스 킬링 옐로는 아니었다. 하지만 예쁘다. 다른 우표들과 함께, 그리고 나의 추억과 함께 우표 수집책에 끼워 넣는다. 수많은 추억이 한데 뒤섞이기 시작한다. 그러나 내 입술에 남겨진 부드러운 새의 입맞춤만은 여전히 특별한 느낌으로 남아 있다.

양철북 청소년문학 2

기차를 기다리는 소년

1판 1쇄 2021년 10월 29일
1판 2쇄 2022년 5월 23일

글쓴이 다니엘 에르난데스 참베르
옮긴이 김정하
그린이 오승민
펴낸이 조재은
편집 구희승 김명옥 김원영
디자인 육수정
마케팅 조희정

펴낸곳 (주)양철북출판사
등록 2001년 11월 21일 제25100-2002-380호
주소 서울시 영등포구 양산로91 리드원센터 1303호
전화 02-335-6407
팩스 0505-335-6408
전자우편 tindrum@tindrum.co.kr
ISBN 978-89-6372-379-2 (03870)
값 10,000원

잘못된 책은 바꾸어 드립니다.